DiferENTES

DiferENTES

Juan Gedovius

El papel utilizado para la impresión de este libro ha sido fabricado a partir de madera
procedente de bosques y plantaciones gestionadas con los más altos estándares ambientales,
garantizando una explotación de los recursos sostenible con el medio ambiente y beneficiosa para las personas.

Diferentes
Bestiario mexicano

Primera edición: abril, 2025

D. R. © 2025, Juan Gedovius

D. R. © 2025, derechos de edición mundiales en lengua castellana:
Penguin Random House Grupo Editorial, S. A. de C. V.
Blvd. Miguel de Cervantes Saavedra núm. 301, 1er piso,
colonia Granada, alcaldía Miguel Hidalgo, C. P. 11520,
Ciudad de México

penguinlibros.com

Paola García Moreno, por las viñetas y el diseño de interiores

Penguin Random House Grupo Editorial apoya la protección del *copyright*.
El *copyright* estimula la creatividad, defiende la diversidad en el ámbito de las ideas y el conocimiento,
promueve la libre expresión y favorece una cultura viva. Gracias por comprar una edición autorizada
de este libro y por respetar las leyes del Derecho de Autor y *copyright*. Al hacerlo está respaldando a los autores
y permitiendo que PRHGE continúe publicando libros para todos los lectores.

Queda prohibido bajo las sanciones establecidas por las leyes escanear, reproducir total o parcialmente esta obra
por cualquier medio o procedimiento, incluyendo utilizarla para efectos de entrenar inteligencia artificial generativa
o de otro tipo, así como la distribución de ejemplares mediante alquiler o préstamo público sin previa autorización.
Si necesita fotocopiar o escanear algún fragmento de esta obra diríjase a CeMPro
(Centro Mexicano de Protección y Fomento de los Derechos de Autor, https://cempro.org.mx).

ISBN: 978-607-385-585-3

Impreso en México – *Printed in Mexico*

DiferENTES

BESTIARIO MEXICANO

Nota introductoria

Durante los muchos meses que el autor e ilustrador investigó y compiló este libro, varias dudas surgieron sobre la naturaleza de la información encontrada. En su mayoría, las criaturas incluidas en este bestiario han sido transmitidas de manera oral en las tradiciones de varios pueblos originarios de México, por lo que las fuentes, aunque muchas, son dispersas. Por lo tanto, es seguro afirmar que en este libro no se incluyen todas las criaturas y, seguramente, existirán diferencias entre las que sí, dependiendo de la fuente.

Índice

TRAVIESOS, INFAMES Y DIMINUTOS

Aluxes • 12
Chaneques • 14
Hunchuts y chanis • 16
Chololito • 18
Espaldilla • 20
Kisín • 22
Kwahkoyo • 24
Ñek • 26
Quichuino • 28
Xocoyoles • 30
Yankopek • 32

SUBACUÁTICAS

Acíhuatl • 36
Eréndira • 38
Swateyomeh • 40
Tlanchana • 42

FEROCES Y ESPANTOSOS

Ahuízotl • 46
Cadejos • 48
Chuleles • 50
Chupacabras • 52
El Cucuy • 54
Dzulúm • 56
Ek Chapat • 58
El Kakasbal • 60
Sisimite • 62
Uínic-tun • 64

CUIDABOSQUES

Amoxoaque • 68
Balames • 70
Juan del Monte • 72
Tabayuko • 74

ESCAMOSOS

El dragón de Tequila • 78
Maquizcóatl • 80
Mazacóatl • 82
Serpiente emplumada • 84
Tlacacóatl • 86
Tlilcóatl • 88
Tzukán • 90
Yahui • 92

MALDITAS Y BEBEDORES DE SANGRE

Yusca • 96
Mometzcopinqui • 98
Siguanaba • 100
Tlahuelpuchi • 102
Tzitzimime • 104
Uay-cen • 106

LOS MUY GRANDOTES

Che Uinic • 110
Ganokos • 112
H-Wayak' • 114
Ixpuxtequi • 116
Quinametzin • 118
Ua Ua Pach • 120
El Walampach • 122

PAJARUCHOS

Atzitzicuilotl • 126
Dtundtuncan • 128
Huay Poop • 130
Atotolin • 132

TRAVIESOS, INFAMES
Y DIMINUTOS

Cuando hablamos de argucias y artimañas, aquellos de bajísima estatura resultan ser los mejores. Son dueños, amos, señores y habitantes del suelo y el subsuelo que nos rodea.

Aluxes

Con una estatura que no rebasa la rodilla de una persona promedio y la apariencia de personas miniatura, estos habitantes de selvas, grutas y cenotes se dedican a robar objetos brillantes, dulces o tabaco y a hacer todo tipo de travesuras.
    Se visten como los antiguos mayas y son generalmente invisibles, salvo cuando desean comunicarse o espantar a los humanos, así como congregarse entre ellos.

> Los aluxes protegen el mundo subterráneo maya, el Xibalbá. Para ingresar a un bosque o santuario es necesario pedirles permiso con el fin de evitar que causen accidentes, enfermedades o incluso desastres naturales como huracanes, tormentas o rayos.

Parecen personas miniatura.

De estatura bajita.

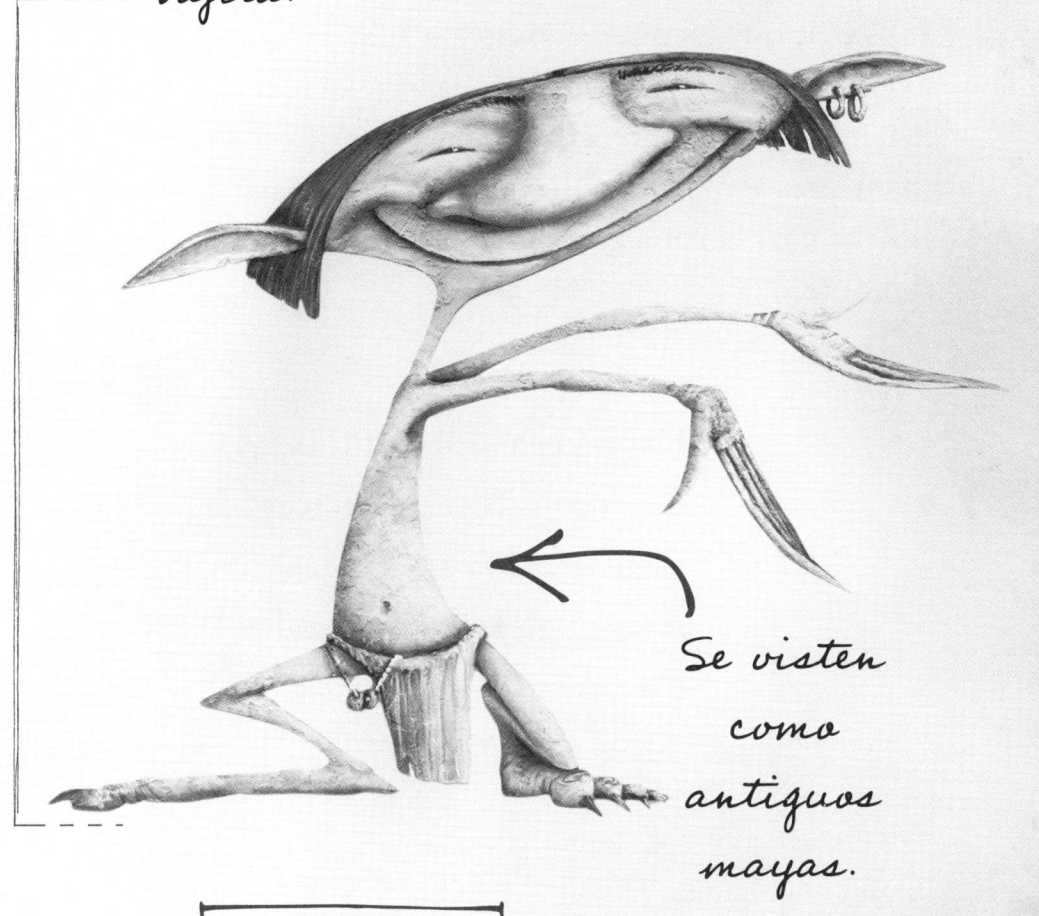

Se visten como antiguos mayas.

Hacen travesuras.

Chaneques

Del náhuatl, "los que habitan en lugares peligrosos" o "dueños de la casa".

Son espíritus traviesos, con aspecto de niños, que esconden cosas y se le aparecen a la gente, distrayéndola para hacerle perder el camino o desaparecerla. Para evitar que los chaneques atrapen o se lleven a las personas, se debe usar la ropa al revés al andar solo por el monte.

Habitan en los bosques y las selvas. Se les considera protectores de la naturaleza, ya que cuidan ríos, lagos, manantiales, árboles y animales silvestres.

Espíritus traviesos.

Apariencia de niños.

Les gusta hacer que las personas se pierdan.

Protectores de la naturaleza.

Hunchuts y chanis

Los hunchuts son enanos silbadores de cabeza plana, sin cerebro y con los pies volteados que viven en las cuevas.

Los chanis son una especie de duendecillos de piel oscura que son cazados como alimento por los hunchuts.

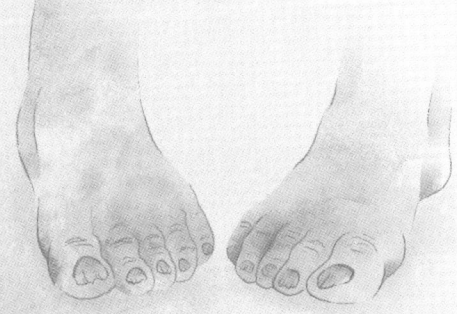

— — — — Enanos silbadores. — — — —

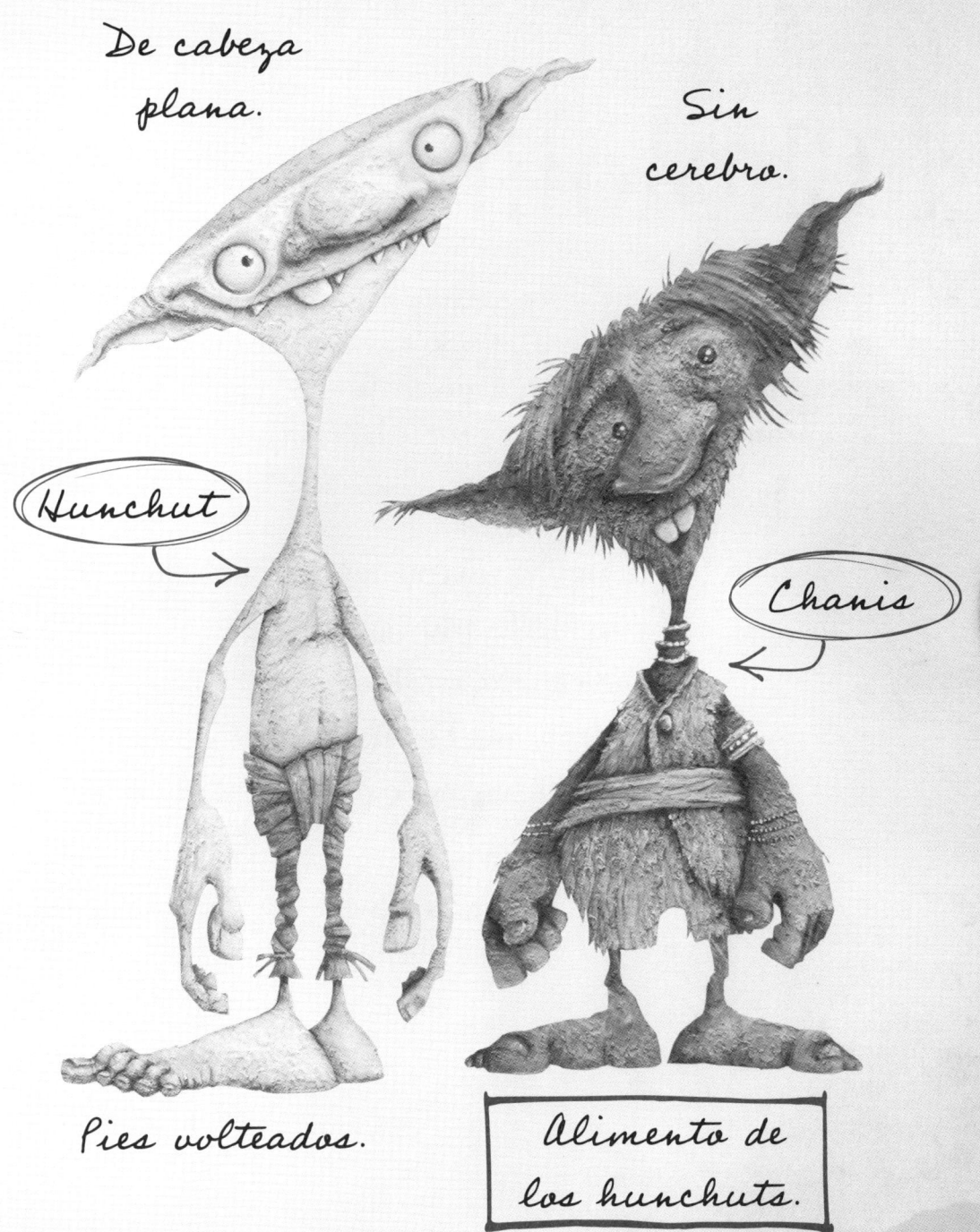

De cabeza plana.

Sin cerebro.

Hunchut

Chanis

Pies volteados.

Alimento de los hunchuts.

17

Chololito

Es una criatura que se les aparece solo a las niñas en tiempos de lluvia, utilizando su llanto de bebé para atraerlas. Aunque su aspecto da miedo por su gordura y fealdad, tiene propiedades mágicas.

Si alguna niña no huye del chololito y decide llevarlo a su casa para alimentarlo, este le dará oro como recompensa. Eso sí: siempre deberá mantenerlo oculto, o si no, desaparecerá.

Se le aparece solo a las niñas
en tiempos de lluvia.

Llora como un bebé.

Es gordo y feo.

Tiene propiedades
mágicas.

Espaldilla

Es una mujer demoniaca de reducido tamaño y torcida figura que se aparecía en los basureros prehispánicos aztecas. Acosaba especialmente a quienes se aventuraban a orinar en las sombras.

La Espaldilla es velluda, deforme y tiene la cabellera hasta la cintura. Su andar es parecido al de un pato y aparece y desaparece a su antojo.

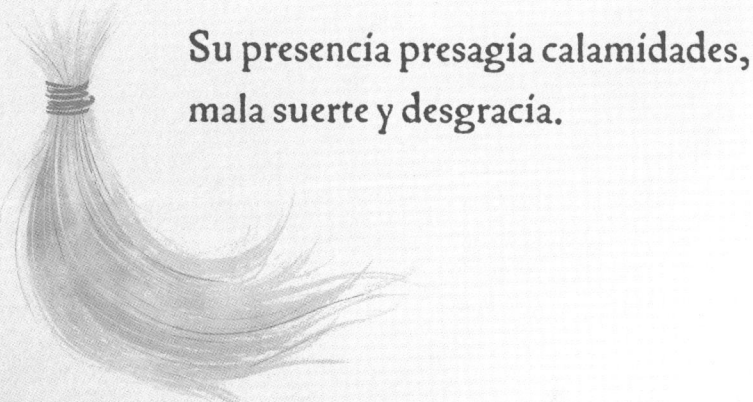

Su presencia presagia calamidades, mala suerte y desgracia.

Mujer demoniaca.

Acosa a quienes orinan en las sombras.

Velluda y deforme.

Camina como un pato.

Kisín

Oriundo del sureste mexicano, el Kisín es un pequeño travieso que anda sobre los hombros de niños y niñas, aconsejándoles que hagan divertidas bromas y maldades. Cuando los niños son castigados por dichas maldades, se esconde en un rincón y se ríe de que los regañen.

Los niños no pueden ver al Kisín, solo escuchan su voz. Los perros sí pueden verlo, así que le ladran para que se vaya.

Aconseja bromas a los niños.

Se ríe cuando regañan a los niños.

Sólo los perros pueden verlo.

Kwahkoyo

Pequeños hombrecillos hacedores de alucinaciones y muerte que habitan en el monte, el agua y las cuevas. Se llevan a las personas para esclavizarlas y después ahogarlas en los ríos.

Son de naturaleza fría y suelen aparecerse de noche. Huyen de las oraciones y no les gusta el tabaco.

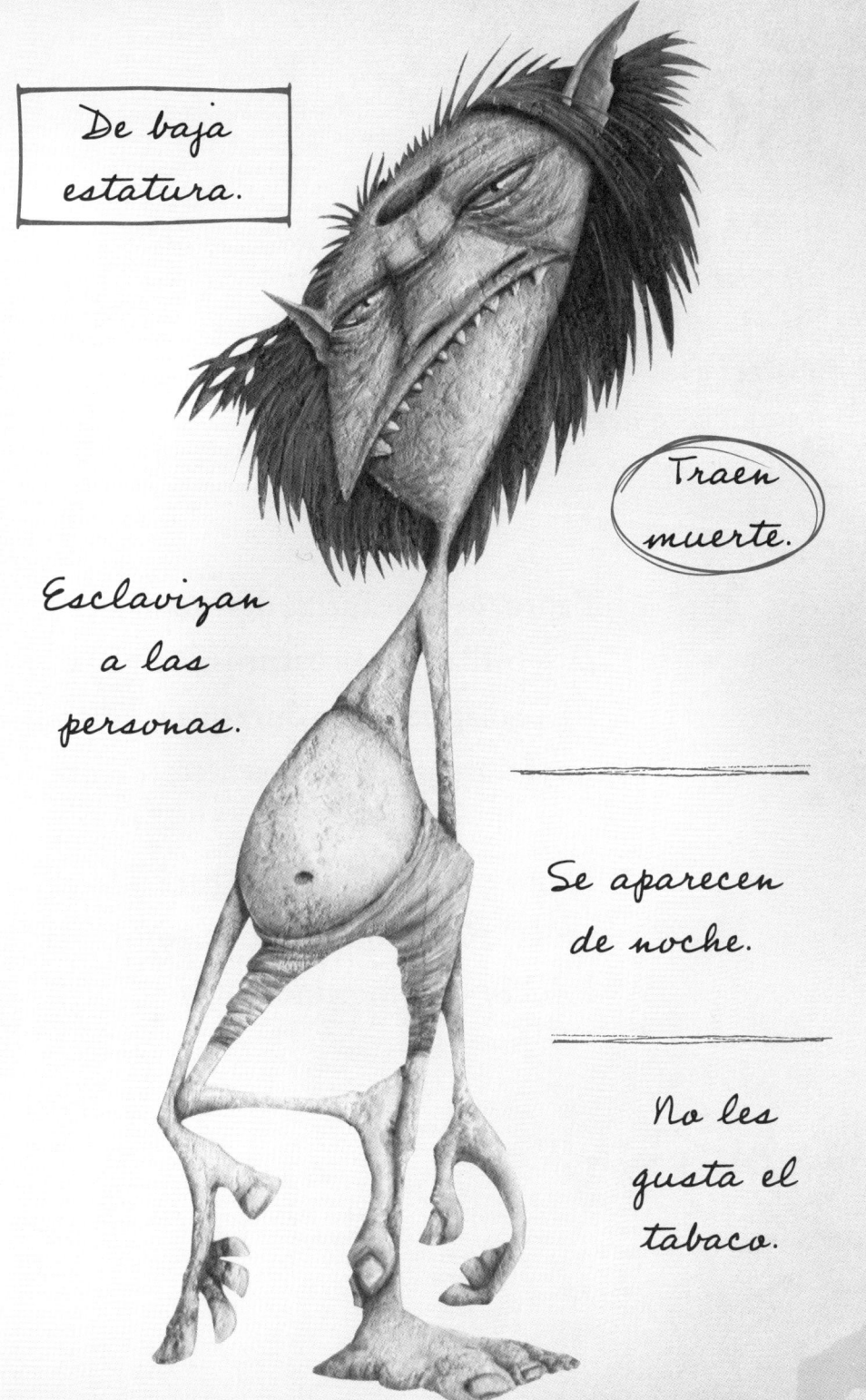

Ñek

El Ñek es el diablo mismo, la tentación y la parte más oscura del corazón de todo ser humano. Originario de Macuspana, Tabasco, se les aparece a los caminantes en época de cuaresma y anuncia su llegada con un silbido lento y molesto.

Bajito, pero de fuerza descomunal, sus ojos brillan de tan oscuros y su piel es fría, renegrida y tan dura que las balas no la traspasan y los machetes le rebotan.

Come carne de mujer y se hace acompañar de un cuervo que vuela a su lado. Se va como vino: silbando.

(El diablo mismo.)

Con ojos brillantes.

Bajito, pero fuerte.

Anuncia su llegada con un silbido.

Come carne de mujer.

Quichuino

Son seres del tamaño de un niño, con la piel pegada al hueso y cabellos rubios. Andan por las noches brincando, jugando y riendo por los tejados de Oaxaca, Puebla y Veracruz. Jamás se dejan ver.

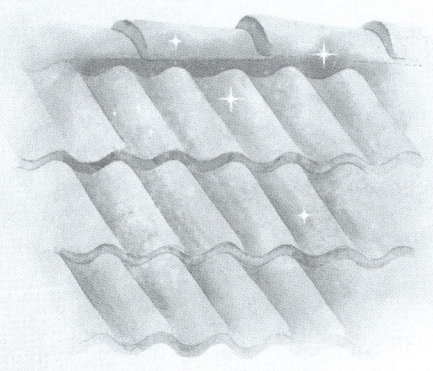

Xocoyoles

Los xocoyoles son los niños que murieron durante el parto o a los pocos días de nacidos. A estos niños les brotan alas y se sientan en la cima de los cerros, desde donde riegan las tierras a cántaros con lluvia, forman granizo y lo arrojan como granos de maíz y crean los truenos y relámpagos con mecates.

Niños que mueren durante el parto.

Tienen alas.

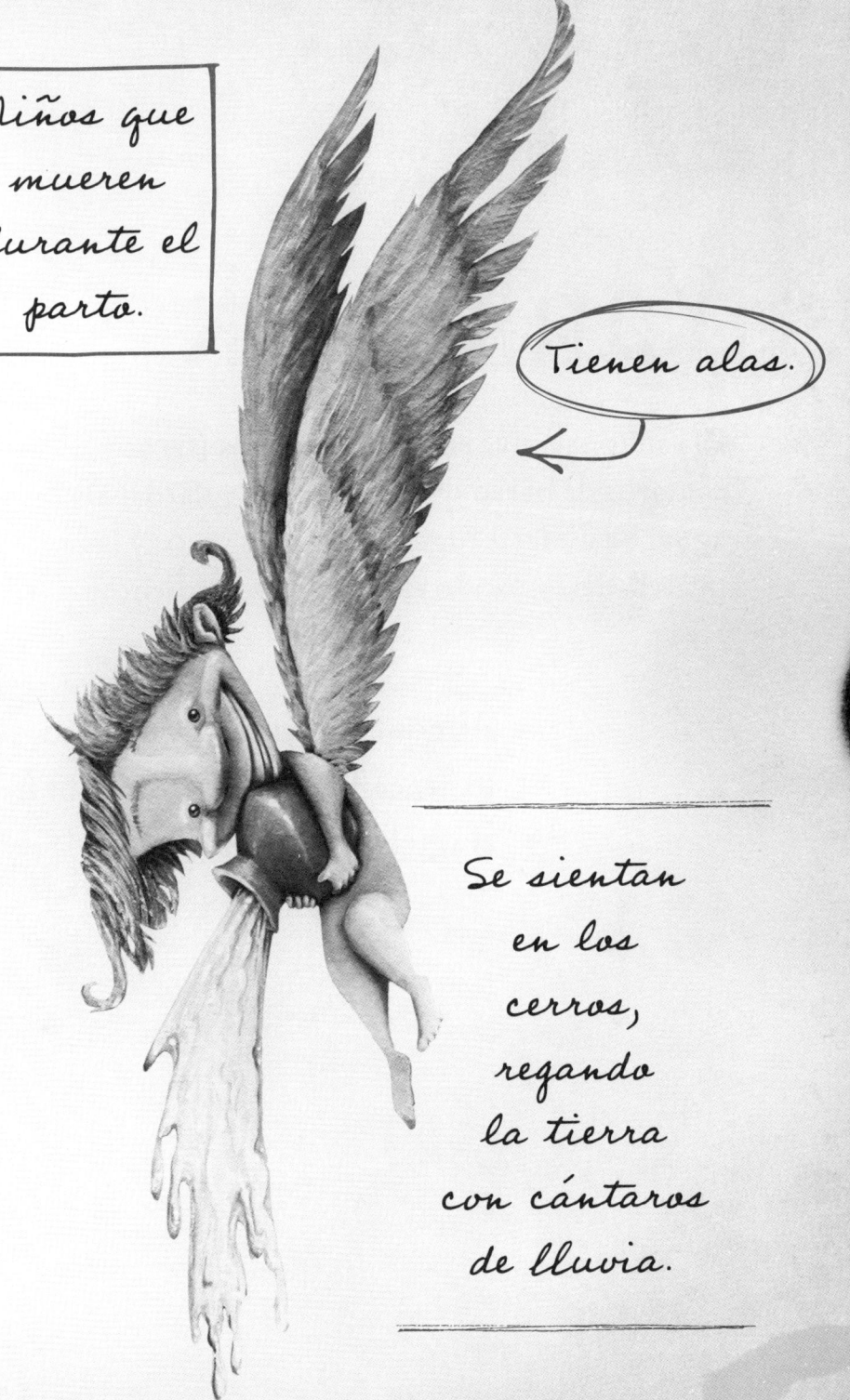

Se sientan en los cerros, regando la tierra con cántaros de lluvia.

31

Yankopek

El yankopek vive en el fondo de los jarros y cántaros de barro que sirven para guardar el agua. Se divierte jugando con los vasos y las jícaras, derramando el agua de los sedientos.

Aunque es bromista y travieso, por lo general es bueno y mantiene fresca el agua para aliviar el calor y la sed.

Vive en los cántaros.

Bromista y travieso.

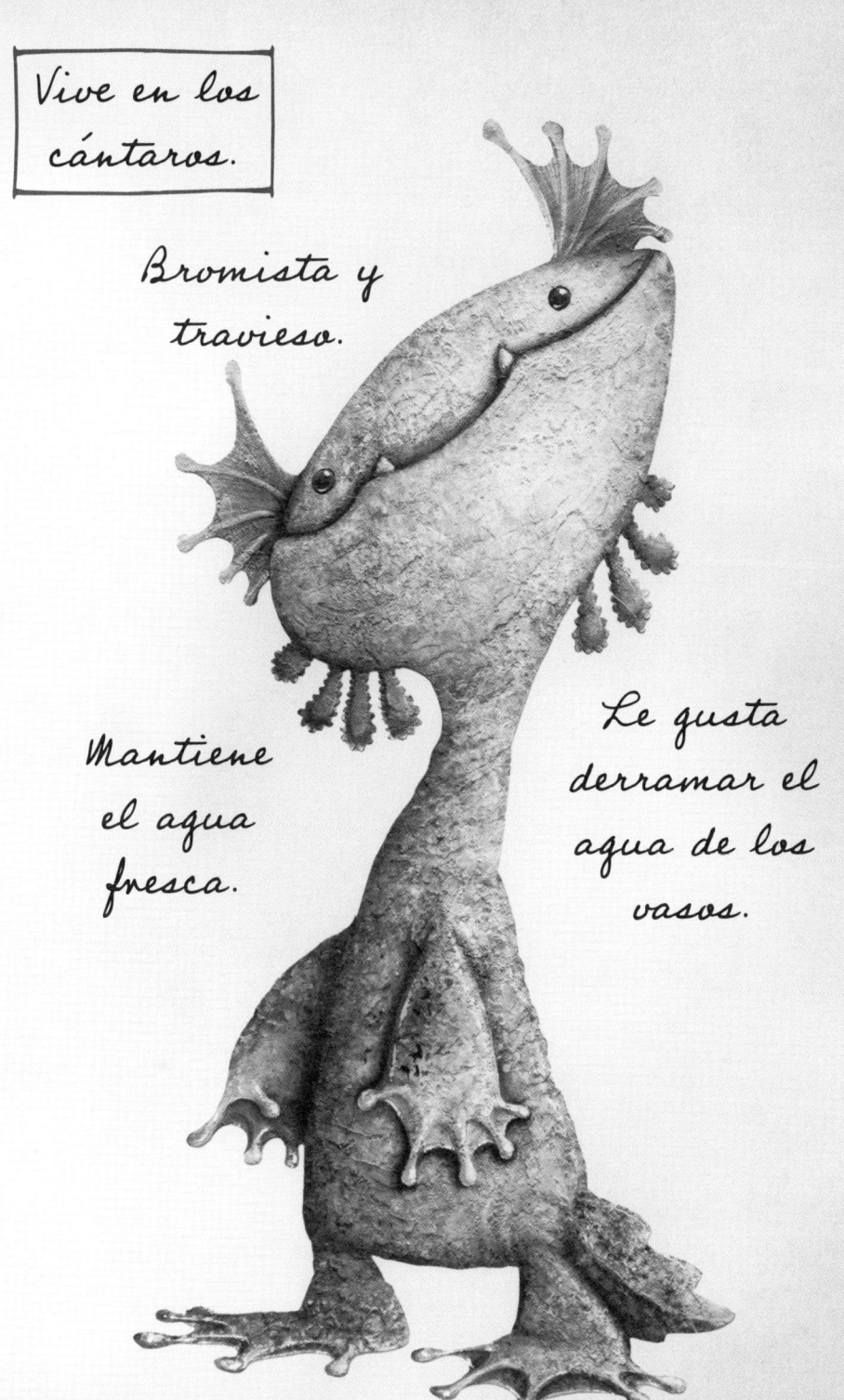

Mantiene el agua fresca.

Le gusta derramar el agua de los vasos.

SUBACUÁTICAS

Extraordinarias nadadoras escamosas que con frecuencia se avistan en lagos y lagunas. Ostentan largas cabelleras, iridiscentes aletas y hermosas sonrisas, aunque lleven consigo mal de amores.

Acíhuatl

Es una bella mujer de negra y larga cabellera que de la cintura para abajo tiene cuerpo de pez. Suele presentarse ante los hombres fuera del agua como una mujer normal, pero al contacto con este líquido, sus piernas vuelven a su forma original.

Ama a todos los animales y les permite pescar en sus aguas. Solamente tiene problemas con los hombres cuando estos abusan, pescando más de lo permitido o cuando dinamitan y envenenan los ríos para el mismo fin. Igualmente espanta de sus aguas a las lavanderas, porque contaminan el agua con sus jabonaduras.

Las formas de las que dispone para castigar a los infractores son variadas: ahogándolos en sus aguas, atrapándolos en fuertes remolinos, enredándolos con algas o sumergiéndolos dentro de pantanos.

Bella mujer de larga cabellera.

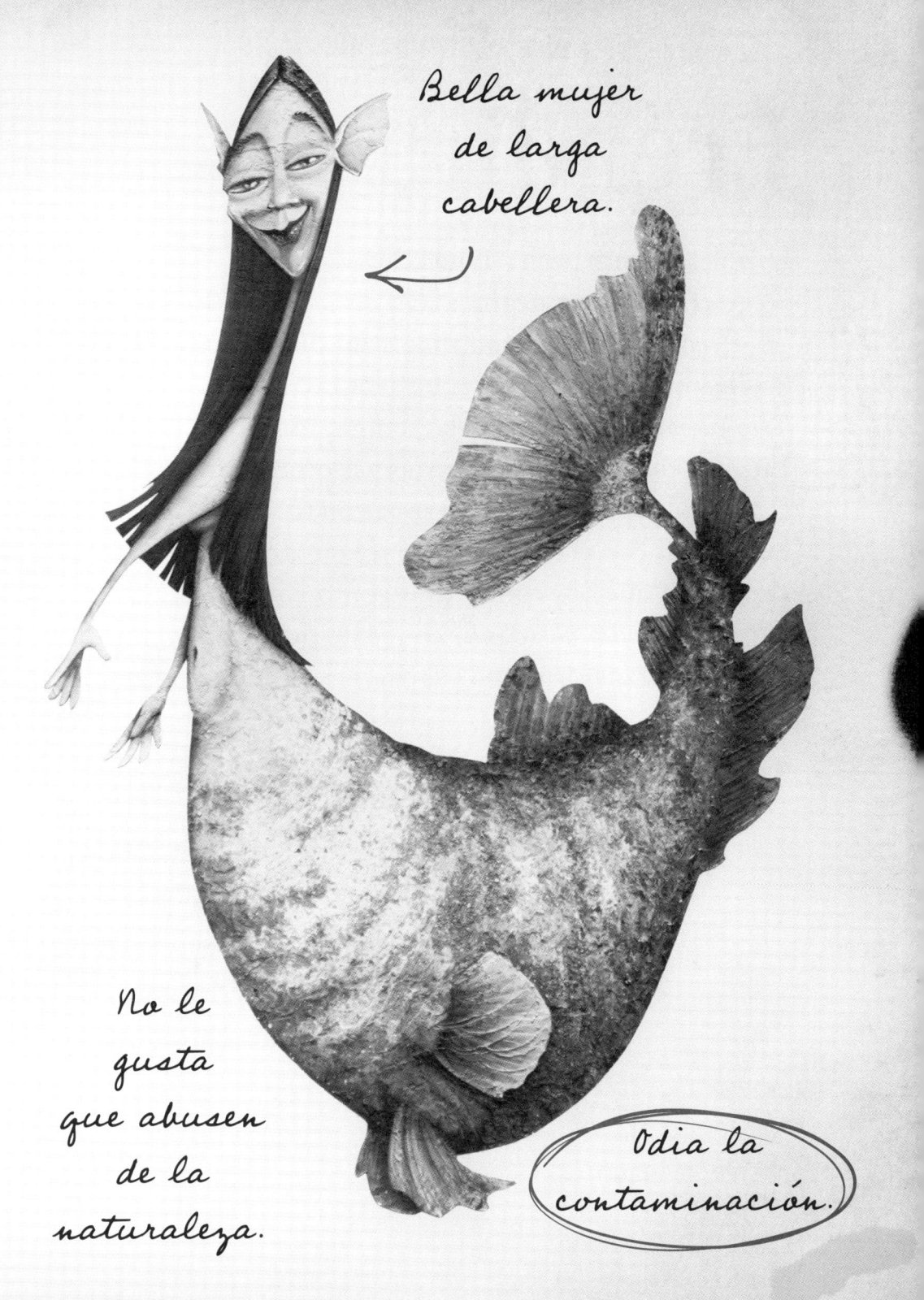

No le gusta que abusen de la naturaleza.

Odia la contaminación.

Eréndira

Hija del rey purépecha Tangáxhuan, fue secuestrada por un capitán de la armada española.
　　Prisionera, lloró y suplicó a sus dioses que la salvaran de las garras del invasor extranjero. Tata Juriata, Padre Sol, y Jarátanga, Madre Luna, escucharon sus plegarias y le otorgaron el poder de crear con sus lágrimas un torrente indomable con el que se formó el lago de aguas cristalinas que hoy conocemos como Zirahuén. Como no podía escapar de en medio del lago, los dioses transformaron sus piernas en cola de pez.

　　Dicen los lugareños que aquella sirena aún nada por las aguas del Zirahuén y que justo antes del amanecer se asoma a la superficie para encantar y llevarse con ella para siempre a todos los hombres de mal corazón.

Princesa purépecha.

Sus lágrimas formaron el lago Zirahuén.

> Fue transformada en sirena.

Se lleva a los hombres de mal corazón.

Swateyomeh

Son sirenas de agua dulce del centro y oriente de México.

    Su aspecto es el de mujeres jóvenes y hermosas, de largas cabelleras siempre mojadas. Las swateyomeh habitan tanto en ríos como en lagos, bajo cuyas aguas esconden un enorme cuerpo de pez oscuro y escamoso.

    Guardianas de las aguas y sus criaturas, se reproducen con humanos, a los que encantan con sus bellas canciones, aunque a oídos de un nahual suenan como horribles lamentos. Se dice que de los hombres que entran en contacto con ellas no se vuelve a saber nada más.

Mujeres jóvenes de largos cabellos.

Sirenas de agua dulce.

La parte inferior de su cuerpo es un pez.

Tlanchana

Se dice que entre los matorrales de tule del llano de Metepec-Lerma reina una criatura mitad mujer y mitad serpiente acuática. Es una poderosa señora adornada con joyas y corona, con torso y cabeza de mujer, de hermoso rostro y larga cabellera. La parte inferior de su cuerpo es mutable: toma la forma de una gruesa serpiente acuática si su ánimo es fiero; de un pez, cuando le apetece nadar por las lagunas y colmar las redes de los pescadores, a quienes atrae con su canto. Puede transformar a voluntad su cola en piernas humanas para salir del agua e ir a las aldeas en busca del elegido de su corazón.

Esta maga anfibia tiene poderes adivinatorios: hay que consultarle antes de la pesca y de la batalla, de la siembra o del matrimonio.

Adornada con joyas.

Mitad mujer, mitad serpiente acuática.

Con poderes adivinatorios.

FEROCES Y ESPANTOSOS

Fieros e insaciables cazadores, y feos como el que más, con frecuencia son portadores de calamidades. Suelen ser fieles compañeros del miedo y cómplices del espanto.

Ahuizotl

Del tamaño de un perro, el Ahuizotl tiene un pelaje fino, ralo y oscuro, con orejitas pequeñas y puntiagudas. Ostenta una mano al final de su larga cola.

El Ahuizotl habita en los manantiales profundos y ahoga a todo aquel que se acerca a las charcas y cursos de agua donde habita.

Orejas pequeñas.

Tamaño de un perro.

Tiene una mano al final de su cola.

Cuerpo negro.

47

Cadejos

Los cadejos son perros fantasmales de gran tamaño, color negro y brillantes ojos rojos que vagan por las noches para asustar, atacar o incluso matar a individuos malos o inmorales.

Perros fantasmales.

De color negro y ojos rojos.

Se pasean por las noches para asustar a las personas malas.

Chuleles

Los chuleles, originarios de Chamula, Chiapas, son las almas de las personas que tienen el poder de manifestarse con formas animales. Pese al aspecto que tome el chulel, sigue existiendo un lazo indisoluble entre este y su cuerpo humano, de tal modo que, si algo acontece a la manifestación animal, el efecto se sentirá en el cuerpo de la persona.

Existen tres tipos de chuleles: kibales, ikales y pukujes.

- Los kibales poseen poderes que aterrorizan a los pobladores de esta región, sobre todo porque su soberbia es tan grande que no titubean antes de lanzarse a pelear contra el Sol o la Luna. A veces asumen el aspecto de bolas de lumbre, para desplazarse y llevar a cabo sus actividades.

- Los ikales son conocidos por su ferocidad, la cual utilizan para aterrorizar, lastimar o matar a los trasnochadores que se crucen en su camino.

- Los pukujes se roban a los bebés que todavía no nacen.

Almas de personas que se manifiestan como animales.

Si algo le pasa al animal, afecta a la persona.

Hay tres tipos.

Chupacabras

Como su nombre lo indica, esta criatura gusta de atacar animales domésticos para vaciarles hasta la última gota de sangre.

Comúnmente se le describe como una criatura pesada, del tamaño de un oso pequeño y con una hilera de espinas dorsales que va desde el cuello hasta la cola.

Se le vio por primera vez en Puerto Rico en 1995. Desde entonces se le ha avistado en muchas partes del mundo y con frecuencia merodea por el norte de México.

Come animales domésticos.

Bebedor de sangre.

Tiene espinas dorsales en la espalda.

Del tamaño de un oso pequeño.

El Cucuy

El Cucuy, o el Coco, es un monstruo con dientes puntiagudos, garras afiladas y de carácter maligno que se esconde en grutas desoladas de día y entra a los pueblos por la noche, esperando debajo de las camas, en roperos y techos a los niños desobedientes.

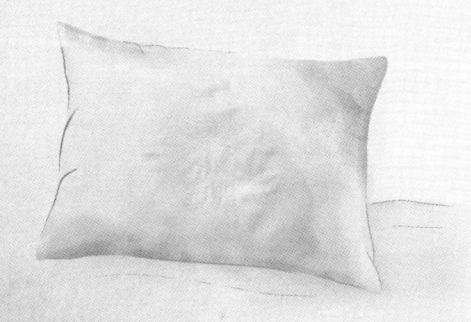

Asustador de niños, con su presencia se amenaza a los que no quieren irse a dormir.

Asustador de niños.

Va tras los que no se quieren dormir.

Se esconde en grutas durante el día.

En la noche, se esconde en las habitaciones de los niños desobedientes.

Dzulúm

Semejante a un jaguar, pero mucho más grande, su nombre significa "ansia de morir".

Tiene un pelaje oscuro con largas crines puntiagudas en el lomo y en el pecho, y una cola anillada casi tan larga como su cuerpo, además de ojos hipnóticos. Acostumbrado a merodear de noche en las serranías de Chiapas, se cuenta que los monos no paran de aullar al sentir su presencia y que el jaguar le cede su alimento en señal de respeto.

Seduce a las doncellas con penas en el alma, atrayéndolas para devorarlas.

Ojos hipnóticos.

Con pelaje oscuro.

Cola anillada.

Seduce doncellas tristes para devorarlas.

Ek Chapat

También conocido como "el Señor Escolopendra", es un enorme ciempiés con siete cabezas humanas. Su morada es el inframundo o cualquier guarida que se construya en lo más profundo de la selva o el bosque.

Aquel que pasa por su guarida es desafiado a responder complejos acertijos: si contesta correctamente, el Señor Escolopendra no solo perdonará su vida, sino que además le concederá tres dones. Sin embargo, la penitencia por fallar es ser devorado, pues adora la carne humana.

Vale la pena recordar que hasta hoy nadie ha podido adivinar uno solo de los acertijos de Ek Chapat; por ello, todos los antiguos caminos mayas están plagados de huesos de los caminantes desafortunados.

Enorme ciempiés con siete cabezas humanas.

Vive en el inframundo.

Le gusta la carne humana y se alimenta de ella.

El Kakasbal

Es un gran monstruo peludo y deforme, con cuernos, grandes orejas, incontables pies y brazos con garras de cuervo. Su cuerpo está formado por órganos de diferentes animales que se odian entre sí y le cuelgan testículos de mono por todas partes. Una serpiente o un lagarto suelen darle forma a su cola.

    Su funesta presencia la perciben todos los sentidos a la vez, por lo que es aconsejable alejarse cuanto antes de sus dominios para no respirar el vaho de su aliento ponzoñoso. Nadie que él no quiera puede verlo y se dice que quienes lo miran directamente a los ojos caen muertos en el acto.

Es una criatura de la noche y aborrece
la luz del sol. En sus andanzas envenena
a las plantas, arruina las cosechas
y provoca pestes y hambrunas.
El Kakasbal bebe sangre de niños
y devora hombres, cuyos huesos deja en
la puerta de la casa de la propia víctima.

Peludo y deforme.

Posee incontables pies y brazos.

Odia el sol.

Quienes lo miran a los ojos caen muertos.

61

Sisimite

En los bosques y selvas mesoamericanas se avista a un extraño ser humanoide de gran estatura, cubierto con un largo pelaje oscuro. Lleva volteados los pies, los cuales tienen garras muy afiladas. Posee una fuerza descomunal capaz de romper huesos de un golpe.

Puede hablar, pero prefiere comunicarse a través de chillidos y bramidos, que se escuchan desde muy lejos.

Mata a los hombres, pero rapta a las mujeres.

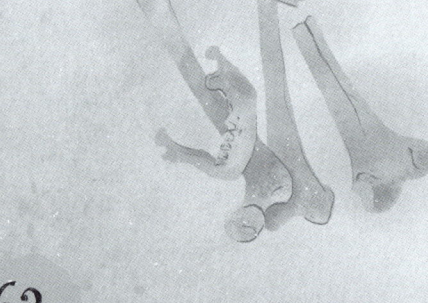

Humanoide.

Cubierto con un pelaje oscuro.

Tiene los pies volteados.

Se comunica con chillidos.

Uinic-tun

El Uinic-tun es un hombre de piedra que se podía ver paseándose por el pueblo, gritándole a búhos y perros. Sus párpados ahora son de pedernal y su boca es de barro. Sus ojos ostentan la negrura del carbón, pues su rostro dejó de ser de carne y de a poco se convirtió en piedra.

Sus uñas son larguísimas, tanto que se le entierran en la palma de la mano, y en sus crecidos cabellos hacen nido los escorpiones. Los zopilotes se posan en su frente y las lagartijas se asoman de entre los dedos de sus pies.

Es mejor no cruzarse con él puesto que representa a la mismísima muerte.

Hombre de piedra.

Párpados de pedernal y boca de barro.

Escorpiones en el cabello.

Uñas larguísimas.

65

CUIDABOSQUES

Incansables y celosos cancerberos de la floresta, a quienes no solo se les debe respetar, sino también pedir permiso si es que tienes algún asunto en el monte o las selvas. Toda falta de respeto será castigada severamente.

Amoxoaque

Son una raza de hombres y mujeres árbol que habitan en los bosques como guardianes. Tienen la capacidad de convertir en árbol, a manera de castigo, a todo aquel que haya lastimado a la naturaleza.

Son de gran tamaño y se encuentran en reposo hasta el momento de cobrar alguna ofensa.

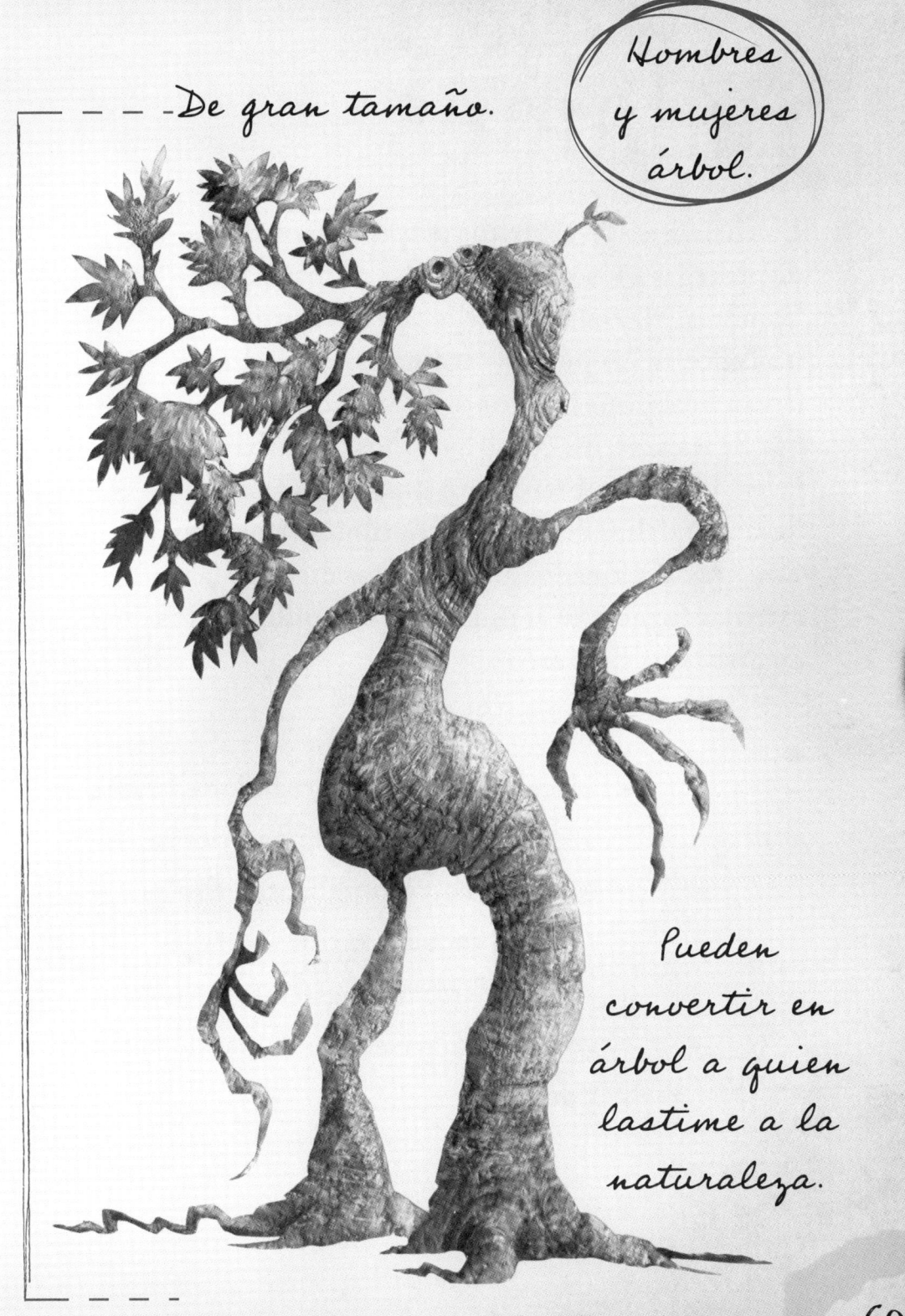

- - - -De gran tamaño.

Hombres y mujeres árbol.

Pueden convertir en árbol a quien lastime a la naturaleza.

Balames

Los balames son espíritus mayas encargados de proteger a los poblados, a las milpas y a los hombres. Hay cuatro de ellos en cada sitio, ubicados en los puntos cardinales, desde donde llevan a cabo sus funciones de protección.

Se les describe como ancianos de barba muy larga. Usan sombreros de palma de ala ancha, llevan sandalias de piel y visten túnicas flotantes. Son muy aficionados al tabaco y se dice que las estrellas fugaces en realidad son las colillas de los cigarros que ellos arrojan.

Hacen el bien, pero no dudan en castigar a los que han olvidado hacerles las ofrendas correspondientes. Si alguien tiene un encuentro con alguno de ellos, enfermará de espanto y padecerá vómitos, diarrea, problemas de sueño y desgano.

Son cuatro, uno en cada punto cardinal.

Les gusta el tabaco.

Usan sombrero de palma.

Ancianos de barba larga.

Visten túnicas.

Juan del Monte

Juan del Monte es un ánima de Quintana Roo creada por la Madre Naturaleza, que se encarga de cuidarla y protegerla.

De aspecto entre animal y humano, se encarga de criar a los animales y de cuidar a plantas y árboles. Muchas personas tienen la creencia de que antes de entrar a los pastizales o a los montes deben pedirle permiso para que les conceda el paso y no se encuentren con víboras o algún otro animal venenoso.

Suele confundir a los intrusos con chiflidos o imitaciones de las voces de sus seres queridos, para llevarlos por senderos equivocados.

> Protector de la naturaleza.

Debe pedírsele permiso para entrar a sus territorios.

Confunde a los intrusos con chiflidos.

Tabayuko

El Tabayuko es el espíritu del monte en la mixteca oaxaqueña. Amo, señor y cuidador de la naturaleza, se le debe pedir permiso para entrar a sus dominios, antes de sembrar un terreno y para trabajar la tierra, pues entrar al bosque, cortar leña o tomar agua de un manantial sin su consentimiento es una ofensa que se paga con pesadillas, mal de ojo, enfermedad, locura e incluso la muerte.

Se le pide permiso dirigiéndole algunas palabras, ofreciéndole aguardiente o enterrando comida.

Es un espíritu cambiaformas que lo mismo aparece como mujer, hombre o animal.

Amo de la naturaleza.

Se le ofrece aguardiente.

Espíritu cambiaforma.

Se requiere de su autorización para intervenir sus dominios.

ESCAMOSOS

Serpenteantes y voladores por naturaleza, plumas y escamas se combinan para crear milagros alados, pesadillas venenosas, alucinaciones enrolladas y funestos desenlaces constrictores.

El dragón de Tequila

Se cuenta que en Tequila, Jalisco, habita un enorme dragón dormido, enterrado bajo tierra. Se dice que tan grande que su cabeza reposa bajo la iglesia del centro del pueblo y su cola llega hasta el cercano volcán.

Su poderosa respiración es la única explicación para las fuertes ráfagas de aire que aterrorizan a la población. Para evitar que el monstruo saliera de su guarida, la gente decidió construir una cruz de piedra al lado de la puerta de la iglesia.

Duerme bajo
Tequila, Jalisco.
_____

Su respiración
provoca ráfagas.

Maquizcóatl

Serpiente de dos cabezas que representa la dualidad y el equilibrio. Vive en una cueva en lo más profundo de las montañas.

Es temida y venerada por los moradores aledaños, quienes saben que su voluntad puede determinar el destino de las cosechas y el bienestar. Se le hacen ofrendas para asegurar su bendición y evitar su furia.

Serpiente de dos cabezas.

Representa la dualidad y el equilibrio.

Influye en las cosechas.

Mazacóatl

El mazacóatl, o "serpiente venado", es un animal fantástico náhuatl que tiene cuerpo de serpiente y cornezuelos de venado. Vive en el Mictlán, el inframundo, de donde suele ausentarse para llevar a cabo sus maldades, que no son pocas.

Esta hermosa serpiente tenía la capacidad de convertirse en mujer para seducir a los hombres que se acercaban demasiado a la laguna de Tenochtitlan. Una vez logrado su seductor propósito, ella los mataba despiadadamente, sin el menor remordimiento.

> Le gusta hacer maldades.

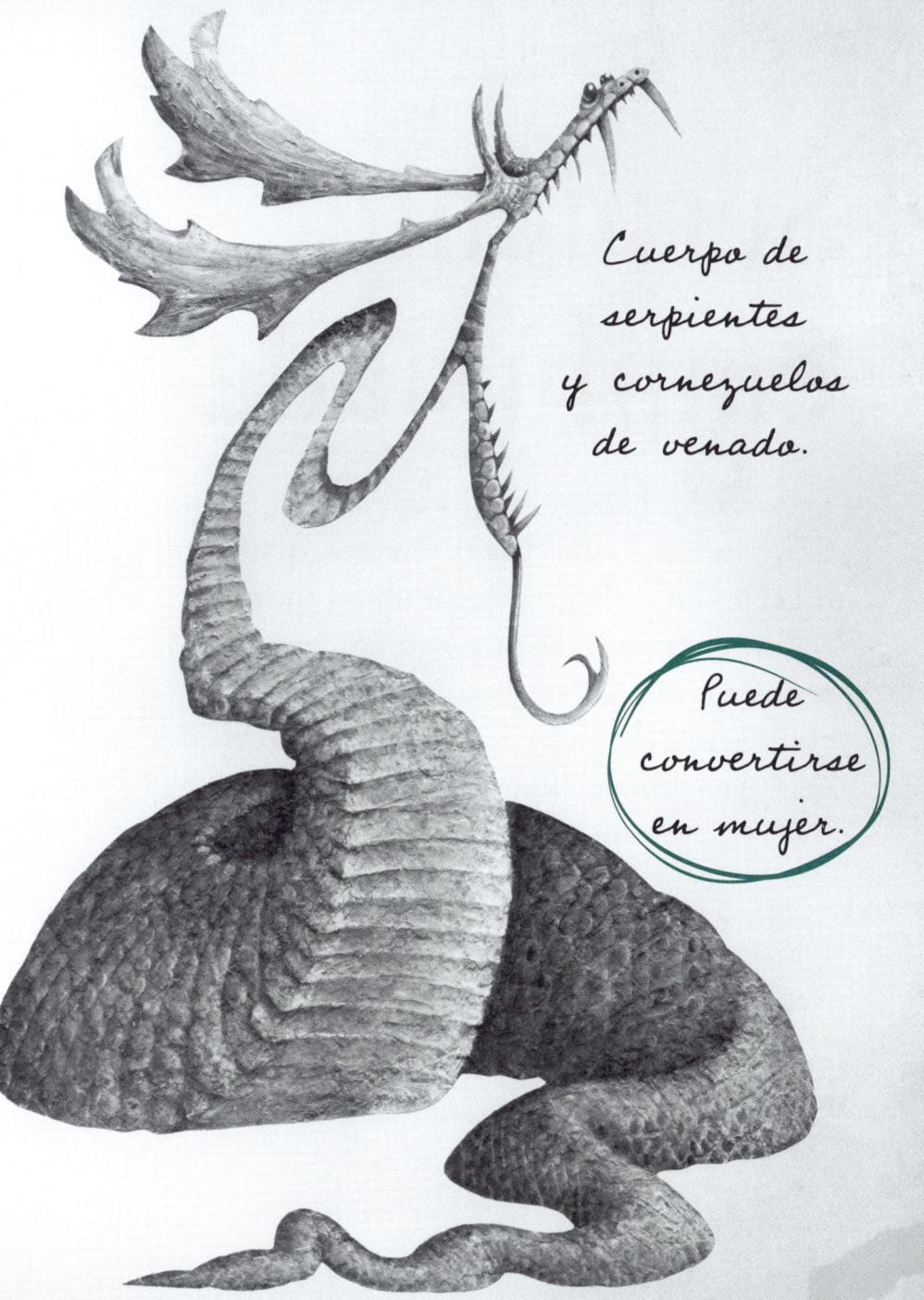

Cuerpo de serpientes y cornezuelos de venado.

> Puede convertirse en mujer.

Serpiente emplumada

Cuentan los habitantes de Ndoyonuyují, San Esteban Atatlahuca en Oaxaca, que hace mucho tiempo llegó al lugar un ser enorme en forma de una gran serpiente con hermosas plumas blancas. Esta criatura se situaba en la cima de una montaña para descansar. Venía del mar y su labor era llevar la lluvia.

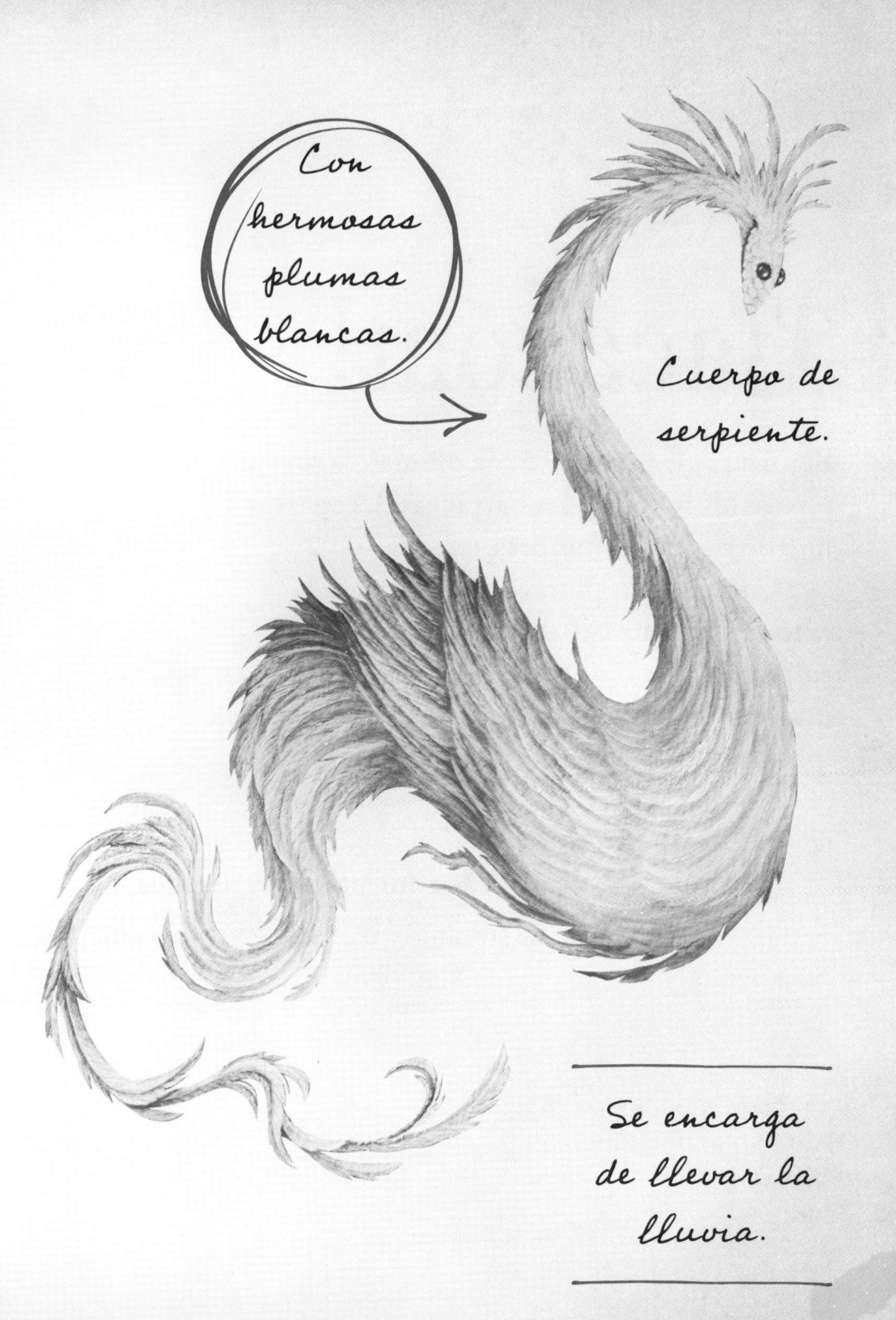

Con hermosas plumas blancas.

Cuerpo de serpiente.

Se encarga de llevar la lluvia.

Tlacacóatl

Serpiente gigante y alada de plumaje verde que vive en los montes y las barrancas. Es territorial, mortífera y comehombres.

Cubierta por plumas de quetzal extremadamente bellas y con una cabeza emplumada de ojos grandes y alas pequeñas, es un ser tímido que desaparece al ser avistado por los hombres.

Se dice que se alimenta de las personas, ya sea de su sangre o de sus sentimientos.

Serpiente alada.

Cubierta de plumas de quetzal.

Se alimenta de personas.

Es mortífera y territorial.

Tlilcóatl

El tlilcóatl, o "serpiente negra", es un monstruo acuático náhuatl de cabeza grande, ojos ardientes y barbas que le cuelgan del hocico. Su largo, ancho y poderoso cuerpo cubierto de brillantes escamas negras termina en una cola dividida en dos. La poderosa boca de un tlilcóatl puede generar una succión lo suficientemente fuerte como para atraer a su presa desde la distancia.

Se alimenta principalmente de peces, pero puede ahogar y comer personas. A manera de trampa, cava una pequeña poza que llena con pescados, que sirven como cebo para los pescadores despistados. Se oculta y aguarda paciente la llegada de su víctima hasta que la sorprende estrangulándola y escupiéndole veneno para finalmente meterle los dos extremos de su cola en las fosas nasales.

Monstruo acuático.

Tiene una cola dividida en dos.

Con barba.

Posee una asombrosa capacidad de succión.

89

Tzukán

Protector de grutas y cenotes, el tzukán es una enorme serpiente alada con crines, tan gruesa como un tronco y con la cabeza tan grande como la de un caballo.

Vuela hacia el mar para morir en forma de lluvia, aunque rejuvenece eternamente. Ríos, cuevas y cenotes se vuelven a llenar de agua y lentamente, en el fondo de una gruta, las gotas se condensan hasta tomar la forma de la serpiente, que crece y a la que de nuevo le salen alas.

Protector de grutas y cenotes.

Serpiente alada con crines.

Gruesa como un tronco.

Rejuvenece eternamente.

Yahui

El yahui, también conocido como "serpiente de fuego", es un ser cuadrúpedo con cuerpo serpentino y cuatro extremidades dotadas de garras. Su cabeza es de serpiente o de lagarto, y generalmente se le representa con las fauces abiertas, mostrando los colmillos.

La nariz del yahui puede aparecer como una prolongación angulada sobre su cabeza o bien como un cuchillo de pedernal para sacrificio. La cola del animal está compuesta por un cuchillo de pedernal enmarcado por dos volutas.

Le gusta mostrar sus colmillos.

Su cola es un cuchillo de pedernal.

Cuadrúpedo

MALDITAS Y BEBEDORES DE SANGRE

Conjuradoras transformistas que vuelan a mitad de la noche, aliadas de lo oscuro que poseen mágicas capacidades. Ocultas en la penumbra y armadas con su maldad, no dudarán en vaciarte las venas.

Yusca

Es una misteriosa mujer viejita, encorvada, de ropajes muy sucios y sin ojos. Se dice que de joven fue bruja y que en las noches se quita los ojos y los oculta en un traste antes de irse volando o de convertirse en animal.

Cuentan que la yusca se aparece en los velorios para cantar y velar a los muertos. Su presencia es un augurio fatal, ya que se cree que tiene tratos con la muerte misma y es su mensajera.

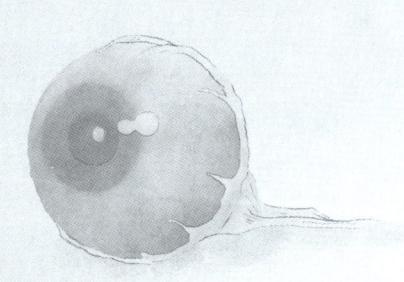

No tiene ojos.

Mujer vieja y encorvada.

Su presencia es un augurio fatal.

Aparece en los velorios.

Mometzcopinqui

Brujas de origen azteca que, por haber nacido durante el Ce-Ehécatl o los "días de viento", son abandonadas por sus propias familias, pues son capaces de traer oscuridad, maldad y enfermedades.

Las mometzcopinqui se quitan las piernas para ponerse en su lugar unas de guajolote, les crece un pico afilado y sus brazos se transforman en alas que les ayudan a volar para ir en busca de su alimento favorito: la sangre de recién nacido.

Brujas.

Se transforman en aves.

Con un pico afilado.

Aman la sangre de los recién nacidos.

Se ponen unas piernas de guajolote.

Siguanaba

Es un espectro que se manifiesta como una hermosa mujer de pelo largo que no muestra su rostro sino hasta el último momento, cuando se revela que este es el de un caballo. Las víctimas de la siguanaba son generalmente hombres infieles, trasnochadores y violentos, quienes, si no mueren del susto, se vuelven locos.

Espectro que se manifiesta como una hermosa mujer.

Tiene rostro de caballo.

Sus víctimas son hombres violentos e infieles.

Tlahuelpuchi

En Tlaxcala y sus inmediaciones existen mujeres solitarias que, a primera vista, podrían parecer normales, pero que resultan ser mitad bruja, mitad vampira. Sedientas de sangre (sobre todo de niños pequeños), salen de caza entre la medianoche y las cuatro de la madrugada.

Capaces de convertirse en animales o en vapor, son tan temidas que la gente las evita a toda costa y usan todo tipo de artimañas para alejarlas.

> Mujeres mitad brujas y mitad vampiras.

Salen de caza a la medianoche.

Pueden convertirse en animales o vapor.

Tzitzimime

Las tzitzimime se encargan de atacar al Sol durante los amaneceres, los anocheceres y sobre todo en los eclipses para evitar que continúe gobernando los cielos. Su objetivo es que el mundo se vea sumergido en una eterna oscuridad donde solo reine la Luna. Se les describe como mujeres esqueléticas, con garras en las manos, patas de buitre y ojos en todas sus articulaciones. Llevan collares hechos de las manos o los corazones de los hombres que han sido sus víctimas.

Se cree que el origen de estos seres se encuentra en las mujeres embarazadas, quienes podían transformarse en tzitzimime si morían durante la ceremonia del Fuego Nuevo. Se les conoce también como "estrellas femeninas" y se dividen en varios tipos según los colores blanco, rojo, azul y amarillo.

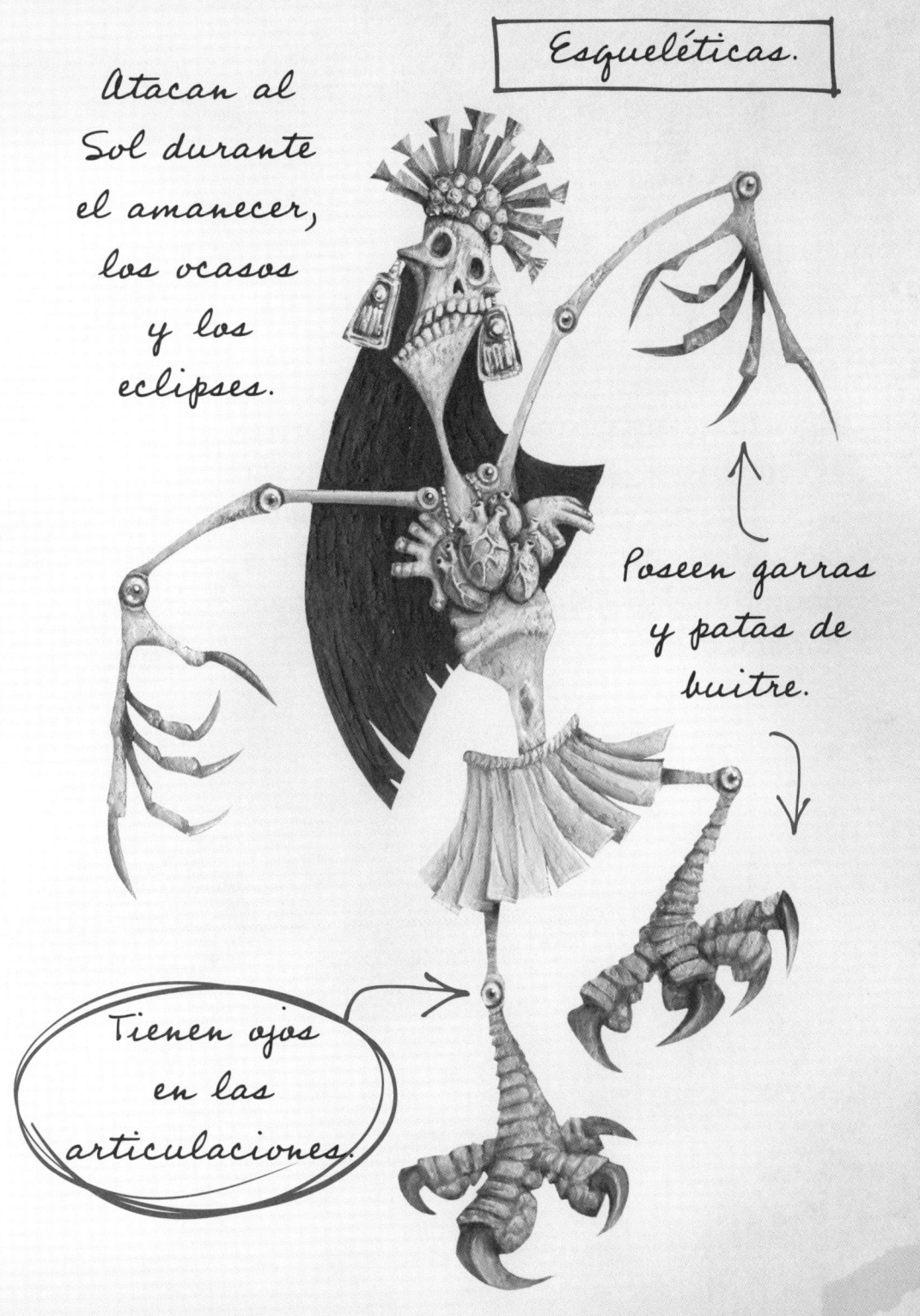

Atacan al Sol durante el amanecer, los ocasos y los eclipses.

Esqueléticas.

Poseen garras y patas de buitre.

Tienen ojos en las articulaciones.

105

Uay-cen

Es un brujo que duerme de día y por la noche se convierte en gato, cuando se escabulle sin ser notado por el ojo de las cerraduras en las habitaciones para succionar la sangre de sus desafortunadas víctimas, que se encuentran dormidas.

Es un brujo.

Se convierte en gato durante las noches.

Succiona la sangre de sus víctimas.

LOS MUY GRANDOTES

Enormes colosos que siempre
están de pésimo humor.
Son pesadísimos grandulones
de muy malos modales que hacen
retumbar la tierra a cada paso.

Che Uinic

Vienen del maya y se traduce como "hombre de los bosques".

Es una enorme criatura que lleva los pies al revés, es decir, con los talones por delante. Carece de huesos y coyunturas, situación que le dificulta levantarse en caso de caer al suelo, por eso cuando duerme debe hacerlo recargado en los árboles. Cuando camina lo hace con mucha dificultad, así que se apoya en algún tronco que hace las veces de un inmenso bastón. Su voz es semejante al ruido del trueno y se alimenta de carne humana.

Cuentan los sabios mayas que para salvarse de los Che Uinic hay que arrancar un par de ramas verdes, bailar con ellas, realizar malabares y, si es posible, cantar. Esto le provocará una risa tan fuerte que caerá al suelo, de donde ya no se podrá levantar.

Se alimenta de carne humana.

No tiene huesos.

Duerme recargado en los árboles.

Tiene los pies al revés.

Ganokos

Se cuenta que, antes de que llegaran al mundo los rarámuris, Onorúame, el creador del mundo, dio vida a los ganokos, que eran gigantes que habitaban en lo profundo de la Sierra Tarahumara. Había algunos tan grandes como montañas y tenían fama de ser torpes y también de ser abusivos con la naturaleza.

A pesar de haber convivido directamente con los rarámuris, los ganokos abusaban del pueblo, emborrachándose, causando destrozos y comiéndose a los niños. Hartos de la situación, los rarámuris formularon un plan que terminó con los gigantes. Al último ganoko le ofrecieron comida envenenada y el gigante se fue a morir a una cueva en lo alto de la sierra.

Gigantes torpes.

Habitaban en la Sierra Tarahumara.

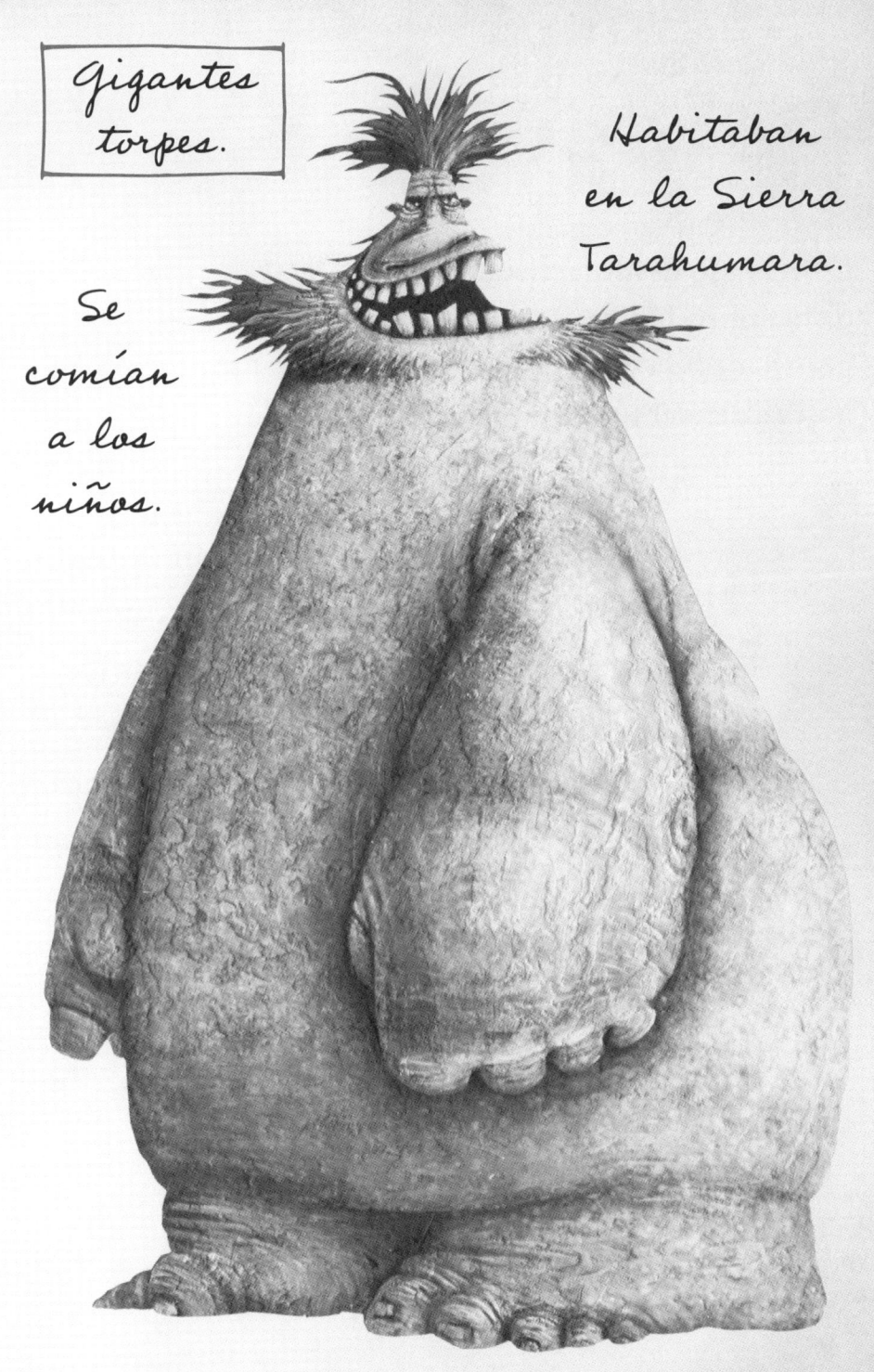

Se comían a los niños.

Les gustaba emborracharse.

H-Wayak'

Observado desde la distancia, el H-Wayak' da la impresión de ser un hombre común, pero a medida que se aproxima, se agiganta hasta alcanzar una estatura monumental.

Como la mayoría de los gigantes mayas, es cruel y desalmado. Su entretenimiento favorito es fracturarle los huesos a los desafortunados que se cruzan en su camino. Es una criatura de terrible genio y, cuando no consigue atrapar a algún ser humano para romperle los huesos, se desquita arrancando los árboles de raíz, para luego despedazarlos con sus poderosas manos.

Malhumorado

De estatura monumental.

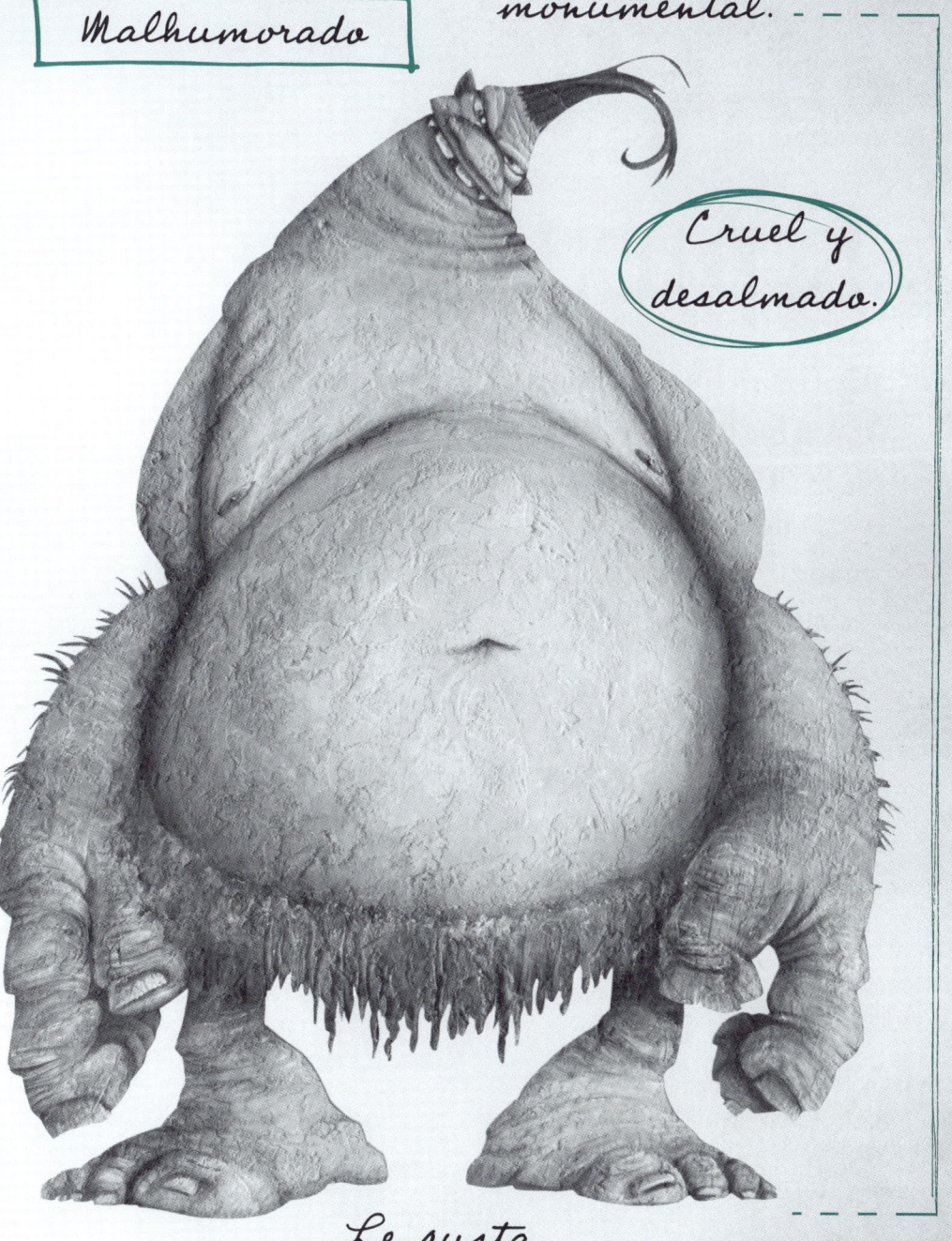

Cruel y desalmado.

Le gusta romper huesos.

115

Ixpuxtequi

De figura humanoide, gran altura y delgado hasta los huesos, el ixpuxtequi tiene patas de águila hasta las rodillas, viste una túnica y usa un largo bastón para caminar. No tiene mandíbula inferior, por eso su nombre significa "cara rota".

Se trata de un monstruo terrible y muy temido porque provoca mala suerte e infortunio. Se dice que vaga por los caminos a altas horas de la noche en busca de los viajeros solitarios.

Alto y delgadísimo.

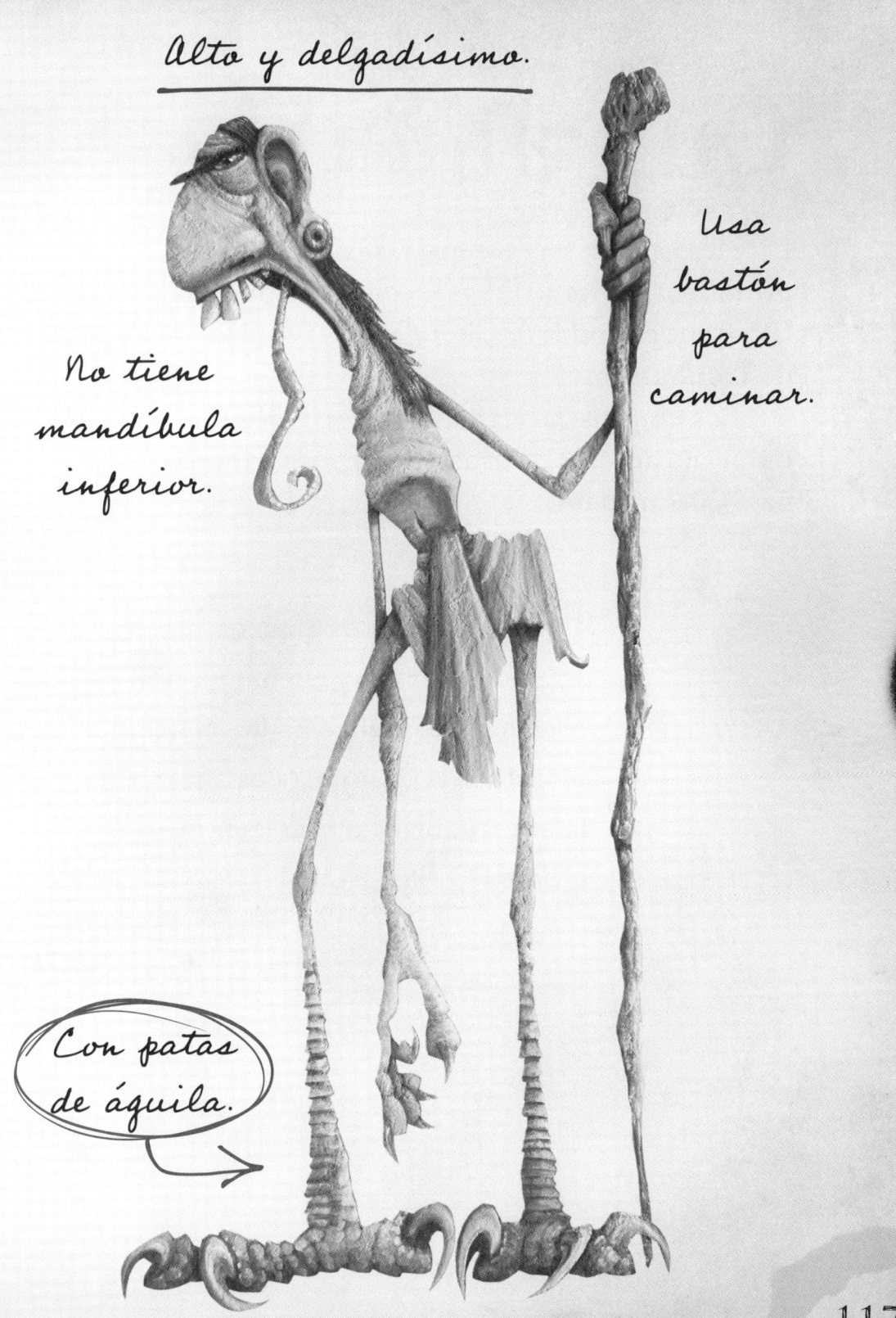

No tiene mandíbula inferior.

Usa bastón para caminar.

Con patas de águila.

Quinametzin

Para los nahuas, una antigua raza de gigantes primitivos. Se les atribuye la construcción de la enorme pirámide de Cholula y de la ciudad de Teotihuacán.

Los olmecas-xicalancas, atemorizados por el tamaño de estos colosos, les pagaban tributos para aplacar su ira.

La mayoría de estos gigantes fueron arrasados por una gran inundación y relatan los tlaxcaltecas que, en tiempos cercanos a la Conquista española, ellos mismos habían luchado contra los últimos Quinametzin.

Gigantes primitivos.

Murieron arrasados por una inundación.

Temidos por los olmecas-xicalancas.

Ua Ua Pach

También conocido como Uay Pach, es un ser tan alto que un hombre de estatura normal apenas le llega a las rodillas. Sus ojos son verdes, como el color de la serpiente chaycán. Posee tres lenguas filosas como navajas y de su cuello cuelgan tres largos y horribles collares hechos de tripa de jabalí. Es uno de los gigantes más temidos en Yucatán.

    Se suele ver en el silencio de la medianoche por las calles de algunas poblaciones. Cuando advierte la presencia de un trasnochador despistado, el Ua Ua Pach coloca un pie a cada lado de la calle y, al pasar el distraído caminante por debajo del gigante, este cierra sus poderosas piernas hasta ahogar o desmayar a su infortunada víctima. En algunas ocasiones sujeta a sus víctimas y a mordidas les fractura los huesos de las piernas.

    Dicen, los que han llegado a verlo, que en su rostro se dibuja una siniestra sonrisa de satisfacción al momento de realizar sus fechorías.

Tiene tres lenguas filosas.

Altísimo.

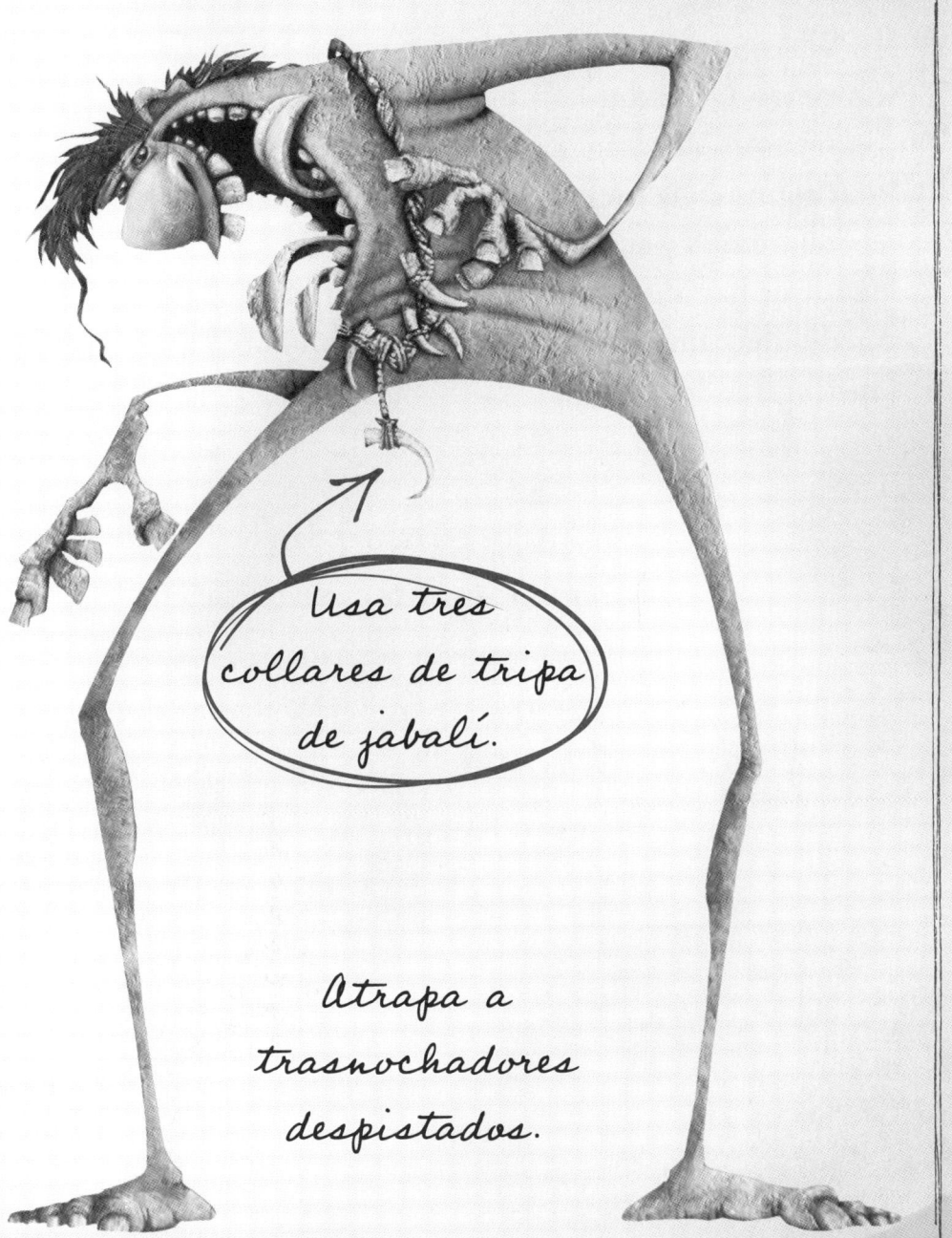

Usa tres collares de tripa de jabalí.

Atrapa a trasnochadores despistados.

El Walampach

El Walampach es un fantasma tan alto como un poste de luz que habita en los pueblos remotos de Yucatán. Es negro y apenas se pueden distinguir en la oscuridad de la noche sus largas extremidades y su horrorosa cabeza. Cuando sabe que hay alguien en la calle, se detiene en medio del camino para atrapar al caminante y apoderarse de su alma.

Los brujos recomiendan no huir precipitadamente de su presencia, pues uno puede resbalarse y morir. Eso es justo lo que el Walampach espera para apoderarse del alma del difunto. Siempre lleva un alma atrapada que es liberada a la captura de otra.

Fantasma altísimo.

De color negro y largas extremidades.

Lleva consigo siempre un alma atrapada.

PAJARUCHOS

Surcadores de los cielos que lo
mismo portan fortuna que desgracia.
Plumas, pico y mal agüero que desde
lo alto profieren trinos y graznidos
que es quizás mejor no escuchar.

Atzitzicuilotl

En la mitología azteca, los atzitzicuilotl son un grupo de peculiares avecillas redondas, con picos negros, largos y puntiagudos, que llegan desde las nubes de lluvia y se arrojan desde el cielo hacia los lagos, transformándose en peces de colores.

Aves redondas.

Su pico es negro y puntiagudo.

Se transforman en peces de colores.

Dtundtuncan

En maya, significa "el que va por el cielo" o "pájaro del mal".

Se le describe como un ave que presagia la muerte. Solo tiene una pata y no tiene ojos, motivo por el cual solo se le ven dos cuencas vacías y negras en el rostro. Es corpulento, con un gran pico y un brilloso plumaje negro. Grazna tenebrosamente y merodea el cielo durante el día; llegada la noche, se escabulle sigilosamente para robar la esencia de los niños que duermen, soplándoles en la boca un viento de muerte que envenena.

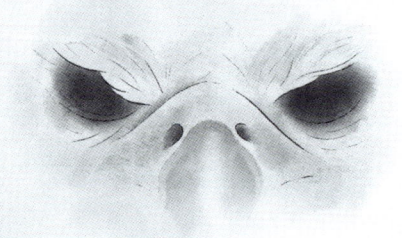

No tiene ojos.

Tiene un pico grande y plumaje negro.

Solo tiene una pata.

Huay Poop

Algunos aseguran que es un brujo que ciertas noches toma la forma de un horrible y gigantesco pájaro negro. El Huay Poop es una bestial ave negra, mucho más veloz que el relámpago, que abate de improviso sus enormes alas revestidas con filosas navajas de pedernal sobre sus desdichadas víctimas, para desgarrarles la piel y luego levantar el vuelo con su sangriento botín entre las garras.

Más veloz que un relámpago.

Enorme ave negra.

Alas revestidas con navajas de pedernal.

131

Atotolin

El atotolin o "gallina de agua" tiene cabeza grande, cuerpo largo, pico amarillo y extremidades cortas con manos humanas en lugar de patas.

Para cazarlo, debe ser perseguido durante varios días. Si se cumplen cuatro días y no es atrapado, el atotolin mira serenamente a sus perseguidores y comienza a dar grandes voces para llamar al viento. De inmediato se agitan las aguas y se hunden las canoas de sus perseguidores, a quienes se les paralizan los brazos y perecen ahogados.

Quienes logran cazar a un atotolin y le abren la barriga con un punzón llamado *minacachalli* pueden encontrar una piedra preciosa, que augura un destino feliz, o bien un pedazo de carbón, que es el aviso de una muerte segura para el cazador.

Su panza contiene un pedazo de carbón o una piedra preciosa.

Gallina de agua.

Tiene manos en lugar de patas.